AF460130

[illegible] mars 1884

VENTE

M[illegible] VERNIER

TRÈS BEAUX

OBJETS D'ART

RICHE AMEUBLEMENT

DIAMANTS

M. Robert LE SUEUR [illegible] M. A. BLOCHE

[illegible]

CATALOGUE

DE TRÈS BEAUX

OBJETS D'ART

ET DE

RICHE AMEUBLEMENT

DES ÉPOQUES LOUIS XIV, LOUIS XV, LOUIS XVI ET DE STYLE

Remarquable commode en ancienne laque, ornée de bronzes dorés Louis XV
Ameublements de salons en tapisserie et en velours de Gênes
Beaux meubles en vernis Martin, style Pompadour
Bronzes — Marbres — Tableaux — Porcelaines et Faïences
Grand Paravent en cuir de Cordoue, fond d'or

MAGNIFIQUES TAPISSERIES DES GOBELINS

DE BEAUVAIS ET DES FLANDRES

Argenterie — Dentelles — Étoffes — Tentures — Tapis

DIAMANTS, PERLES ET PIERRES DE COULEUR

Importantes Parures en perles et en saphirs
Collier de deux rangs de perles avec plaques en brillants
Très beaux bijoux de fantaisie — Boites — Miniatures — Eventails
Objets de vitrine

Appartenant à Mme Lucie V...

ET DONT LA VENTE AURA LIEU

HOTEL DROUOT, SALLE N° 1

Les Mardi 4, Mercredi 5, Jeudi 6, Vendredi 7 et Samedi 8 Mars 1884

A DEUX HEURES

Me ROBERT LE SUEUR
COMMISSAIRE-PRISEUR
29, rue Le Peletier, 29

M. A. BLOCHE
EXPERT
44, rue Laffitte, 44

Chez lesquels se trouve le présent Catalogue.

EXPOSITIONS

PARTICULIÈRE
Le Dimanche 2 Mars 1884
DE DEUX HEURES ET DEMIE A CINQ HEURES

PUBLIQUE
Le Lundi 3 Mars 1884
DE UNE HEURE A CINQ HEURES ET DEMIE

CONDITIONS DE LA VENTE

Elle sera faite au comptant.

Les Acquéreurs paieront CINQ POUR CENT en sus des enchères, applicables aux frais de vente.

L'exposition mettant le public à même de se rendre compte de l'état des objets, il ne sera admis aucune réclamation une fois l'adjudication prononcée.

Paris. — Imprimerie de l'Art, J. Rouam, 41, rue de la Victoire.

Désignation des Objets

BIJOUX

1 — Très belle parure en saphirs entourés de brillants, composée de :

Un collier formé de quatorze chatons gros saphirs sertis de roses et entourés de brillants, avec entre-deux en brillants montés à griffes. Enrichi de huit pendeloques saphirs suspendues à des chainettes en brillants.

Un grand pendentif offrant au centre un très gros saphir monté à griffes en roses, entouré d'un rang de petits brillants et d'un rang de gros brillants. Belière en brillants.

Une paire de pendants d'oreilles dont les boutons, les entre-deux et les pendeloques sont formés de saphirs entourés de brillants et sont montés à griffes en roses.

2 — Très beau collier de deux rangs, composé de cent huit perles, enrichi d'une plaque de milieu et d'un fermoir forme losange tout en brillants.

3 — Paire de très beaux pendants d'oreilles, formés d'une perle blanche ronde à laquelle est suspendue par deux anneaux en brillants, dont un mobile, une jolie perle poire.

4 — Beau bijou forme broche et pendentif, composé d'une perle grise entourée de griffes en roses et à distance d'un rang de brillants entrecoupé de feuilles et de solitaires détachés. Enrichi d'une grosse perle poire formant pendeloque, avec calotte et belière en brillants.

5 — Jolie broche-pendentif, composée d'un saphir entouré de huit brillants distancés montés à griffes, et accompagné d'une grosse perle formant pendeloque suspendue à un solitaire.

6 — Très beau bijou-pendentif, représentant un perroquet formé d'une seule grosse émeraude; le bec, l'extrémité des ailes et du plumage sont en rubis. Il est perché dans un cercle suspendu à un trophée de palmes

et de rubans, le tout en beaux brillants anciens.

7 — Belle broche-pendentif, composée d'un saphir entouré de brillants, avec très grosse perle blanche forme poire, montée dans une calotte en roses.

8 — Très belle broche-pendentif, composée d'une grande et jolie perle rose entourée de deux rangs de brillants, parmi lesquels des pierres de fantaisie, avec grosse perle rose forme poire montée en pendeloque et suspendue à un brillant jonquille.

9 — Paire de beaux boutons d'oreilles, composée l'un d'une grosse perle blanche, l'autre d'une grosse perle noire, entourées de brillants.

10 — Très belle broche formée d'un saphir, entourée de brillants.

11 — Beau bracelet en or poli, enrichi de brillants avec applique formée d'une grosse et jolie perle blanche forme bouton, entourée de brillants.

12 — Paire de boucles d'oreilles, composées de perles blanches entourées de brillants.

13 — Paire de boucles d'oreilles, formées de deux grosses perles surmontées de petits brillants.

14 — Fermoir formé d'une rose entourée de sept perles blanches.

15 — Bague or poli, enrichie d'un brillant solitaire.

16 — Croix formée de cinq turquoises taillées, monture en or émaillé, enrichie de roses et de perles. Style XVIe siècle.

17 — Beau pendentif forme trèfle, tout en brillants, enrichi de trois perles de fantaisie, blanche, gris-rosée et noire.

18 — Paire de boucles d'oreilles, formées de deux brillants solitaires.

19 — Pendentif forme cœur, offrant au centre une émeraude octogone entourée de quatre rangs de brillants. Belière formée d'une émeraude et de deux brillants.

20 — Joli oiseau tout en émeraudes et roses, représenté perché sur un trait.

21 — Belle bague formée d'un saphir entouré de quatorze brillants.

22 — Jolie bague marquise, toute pavée de brillants avec sertissures en roses.

23 — Parure : boutons de manchettes, bouton de col et boutons de chemisette en perles noires entourées de brillants. Monture en or poli.

24 — Bracelet formant bandeau, composé de quarante-sept brillants montés sur chatons carrés en argent.

25 — Grand bracelet en or mat, enrichi au centre d'une perle entourée de roses et enrichie sur la plaque, ouvrante pour portraits, et sur le corps des grecques pavées de roses.

26 — Parure : boutons de manchettes, bouton de col et boutons de chemisette forme boules, toutes pavées de roses.

27 — Demi-parure : Broche-pendentif et pendants d'oreilles, style Louis XVI, en or à fond d'émail bleu enrichi de bouquets, d'entourages, de rubans et de fleurs en roses, rubis et perles.

28 — Jolie broche de corsage, formée d'un bouquet d'églantines enrubannées tout en brillants, montées sur spirales flexibles et se démontant pour les besoins de la coiffure.

29 — Beau bracelet avec plaque au centre formée d'une grande et jolie émeraude entourée de brillants, corps du bracelet également enrichi de brillants.

30 — Broche de corsage, forme nœud de rubans gracieusement festonnés en brillants, avec chatons solitaires montés à griffes.

31 — Beau collier formé d'un rang de chatons en brillants, enrichi d'une guirlande retenue par des rubans en brillants, au milieu desquels se détache une grande briolette saphir.

32 — Beau peigne en écaille blonde, enrichi d'une galerie formant bandeau ou bracelet, composée de trente-cinq brillants.

33 — Broche forme gerbe et feuillages en brillants, perles noires et perles blanches.

34 — Bracelet, formé d'un rang de brillants entre deux rangs d'ornements fleurdelisés en brillants.

35 — Paire de boucles d'oreilles, grosses perles entourées chacune de quatorze brillants.

36 — Papillon en saphir, rubis, brillants blancs et de fantaisie.

37 — Épingle de fichu formée d'un brillant entouré de rubis avec sertissures en roses.

38 — Paire de boucles d'oreilles formées de deux brillants solitaires.

39 — Broche, forme tête de lion en argent oxydé, avec sa crinière hérissée tout en brillants.

40 — Paire de belles boucles d'oreilles, composées de saphirs jaunes entourés de brillants blancs.

41 — Jolie bague, composée d'une turquoise ovale entre deux brillants.

42 — Broche barrette formée d'un rubis, un saphir et cinq brillants.

43 — Petite broche barrette, avec trèfle en brillants.

44 — Belle bague en or, avec gros brillant solitaire.

45 — Bague formée d'un saphir spinel entouré de brillants.

46 — Bague composée d'un œil-de-chat de l'Inde, entouré de brillants.

47 — Belle bague, formée d'un gros rubis et deux brillants.

48 — Jolie bague, forme trèfle, en brillants, rubis et saphir.

49 — Bague, forme rosace, en brillant, rubis et roses.

50 — Bague composée de cinq jolis saphirs avec sertissures en roses.

51 — Bracelet composé d'une perle grise et d'une perle blanche avec barrette brillants.

52 — Porte-bonheur en perles blanches avec sertissures en roses.

53 — Pendentif avec papillon au centre, en rubis, émeraudes et roses, trophée et guirlandes en roses, enrichi d'une perle pendeloque.

54 — Paire de boutons de manchettes, forme fer à cheval, en perle noire et brillants.

55 — Broche composée d'une turquoise entourée d'ornements en brillants.

56 — Bracelet or mat, avec perle grise au centre.

57 — Bracelet, forme attribut sportique, en or mat.

58 — Bracelet en or reperçé, enrichi d'une plaque de verre saphir avec applique-trophée et entourage en roses.

59 — Jolie demi-parure en or émaillé noir, offrant au centre un brillant et enrichie de roses sur la bordure, composée d'un médaillon et d'une paire de pendants d'oreilles.

60 — Bague composée d'une jolie opale entourée de brillants.

61 — Porte-bonheur en brillants.

62 — Porte-bonheur en rubis.

63 — Porte-bonheur en émeraudes.

64 — Demi-parure : broche-pendentif et pendants d'oreilles, représentant des attributs de musique tout en roses appliqués sur fond vert. Monture en or enrichie d'ornements et de pampilles en roses et perles.

65 — Bracelet mi-jonc en or mat, enrichi de trois saphirs cabochons et de deux brillants.

66 — Bracelet en or repercé, enrichi d'une applique améthyste, entouré de brillants.

67 — Paire de boucles d'oreilles, formées de perles blanches solitaires.

68 — Broche en or mat, avec applique carrée toute pavée de turquoises taillées, de brillants et de roses.

69 — Médaillon en or mat, enrichi d'une applique en rubis, brillants et roses.

70 — Bague formée d'une émeraude entourée de brillants.

71 — Bague composée d'un camée grenat entouré de roses.

72 — Bague or mat, enrichie de trois perles blanches.

73 — Flacon avec chainette et bague en or mat, enrichi de perles.

74 — Épingle de fantaisie, représentant un attribut sportique en roses et lapis-lazuli, monture or.

75 — Paire de boucles d'oreilles, formées de perles blanches solitaires.

76 — Paire de pendants d'oreilles en or mat, enrichis de perles, avec camée tête de sphinx en sardoine orientale, coiffée de bandeaux en roses et rubis.

77 — Médaillon-album en or poli, s'ouvrant à six compartiments formant étoile.

78 — Médaillon à tête de chien sous cristal, monté en or mat.

79 — Demi-parure, broche et boutons de manchettes en or mat émaillé, avec attributs de la Foi en roses.

80 — Paire de pendants d'oreilles en perles blanches et roses, monture quadrangulaire à barrettes en or.

81 — Médaillon en or mat, avec couronne.

82 — Paire de grandes boucles d'oreilles en or mat, avec camées durs et enrichis de perles.

83 — Paire de brisures, petits brillants.

BIJOUX ANCIENS

Objets de vitrine — Miniatures — Boites.

84 — Belle garniture de robe, composée de quarante-huit boutons en verre de Venise rubanné et multicolore, entouré de strass. Époque Louis XVI.

85 — Broche-pendentif en cristal de roche gravé, monture en or émaillé, enrichie de perles, d'émeraudes et de roses. Style Louis XIII.

86 — Broche forme bouquet, en roses anciennes, monture argent. Époque Louis XVI.

87 — Fermoir composé d'un grand saphir et de roses, monture argent.

88 — Bonbonnière en or émaillé, fond rouge, bordure gravée. Époque Louis XVI.

89 — Deux fermoirs en or vieux Paris, avec

émaux peints. Scènes pastorales, d'après Boucher.

90 — Petite montre en or gravé. Époque Louis XVI.

91 — Pendentif en cailloux du Rhin. Époque Louis XVI.

92 — Grande applique en jade blanc sculpté à jour, avec étoile en rose au centre. Monture en argent doré.

93 — Jolie miniature sur ivoire. Portrait de la duchesse d'Angoulême; cadre en bronze ciselé et doré. Style Louis XVI.

94 — Très belle miniature sur ivoire : *le Coup de vent;* cadre en bronze ciselé et doré. Style Louis XVI.

95 — Bonbonnière en vieux Saxe, époque Louis XV, décor à personnages avec scène champêtre à l'intérieur.

96 — Très belle garniture de costume, composée de vingt-six grands boutons et seize petits, forme soleil, tout en strass. Monture en argent du temps de Louis XVI.

97 — Groupe de deux cachets en fer repercé. Époque Louis XIV.

98 — Groupe de trois cachets en fer repercé et faceté. Époque Louis XV.

99 — Joli cachet en fer gravé et ciselé. xvie siècle.

100 — Groupe de cachets en cuivre doré aux armes du schah de Perse.

101 — Montre avec chaine de gousset en argent, figurine breloque en vermeil et deux cachets argentés de l'époque Louis XVI.

102 — Cordelière de costume en argent. Époque Louis XIII.

103 — Chaine d'ordre en cuivre argenté avec croix en vermeil au chiffre du Christ. xviiie siècle.

104 — Canne avec très belle pomme en écaille et burgau, monture en argent à rocailles et fleurs. Époque Louis XV.

105 — Groupe de deux cachets en cuivre doré. Époque Louis XVI.

106 — Groupe de deux cachets en fer et en acier. Époque Louis XVI.

107 — Chatelaine en acier, accompagnée de ses breloques et de ses glands. Époque Louis XVI.

108 — Garniture de boutons en acier, forme fruits.

109 — Émail photographique : Portrait du duc de Nemours.

110 — Canne avec pomme en cuivre guilloché et doré. Époque Louis XVI.

111 — Sacoche en velours brodé, avec fermoir en argent.

112 — Garniture de vingt-deux boutons de corsage en strass, monture cuivre. Époque Louis XVI.

113 — Garniture de dix petits boutons en strass, monture cuivre. Époque Louis XVI.

114 — Gros bouton double en argent. Époque Louis XIII.

115 — Bouton double en nacre gravé et strass. Époque Louis XIII.

116 — Flacon a sels, monture argent doré.

117 — Neuf boutons d'habit en cuivre et émail noir.

118 — Broche forme décoration en strass, monture argent.

119 — Six groupes de breloques et de cachets en cuivre.

120 — Jolie petite montre en or guilloché et ciselé, avec guirlandes émaillées et petit émail peint sur le boitier; enrichie d'un entourage, d'un poussoir et d'une belière en roses de Hollande. Époque Louis XVI.

121 — Montre en or ciselé et de couleur avec émail, portrait de femme sur le boitier, entourage du cadran à jargons. Époque Louis XVI.

122 — Montre en or gravé, avec petit médaillon grisaille entouré de perles et de jargons sur le boitier. Époque Louis XVI.

123 — Petite montre-savonnette en or. Époque Louis XVI.

124 — Petite montre-savonnette en or. Époque Louis XVI.

125 — Petite montre-savonnette en or. Époque Louis XVI.

126 — Crochet de montre en or émaillé. Époque Louis XIII.

127 — Paire de pendants d'oreilles en or et rubis. Époque Louis XIII.

128 — Bague en or et grenat. Époque Louis XV.

129 — Anneau en or avec inscription repercée.

130 — Bague en or et jais.

131 — Bague en or, enrichie de turquoises et de roses.

132 — Bague marquise, fond d'émail bleu, enrichie de roses. Époque Louis XVI.

133 — Bague marquise, enrichie de roses. Époque Louis XVI.

134 — Collier avec croix en argent doré et améthystes. Époque Louis XIII.

135 — Flacon en argent repoussé. Époque Louis XV.

136 — Pendentif en filigrane d'argent doré, enrichi de grenats.

137 — Flacon a odeur, forme poisson, en argent gravé.

138 — Deux boucles en argent. Époque Louis XV.

139 — Paire de grands pendants d'oreilles à trois pendeloques et roses anciennes, monture or et argent. Époque Louis XIV.

140 — Joli carnet-souvenir en ivoire, monture en or, orné de miniatures.

141 — Très beau nécessaire en vermeil. Époque Louis XV.

142 — Canne hydraulique en argent : tête de Chinois.

143 — Belle tête de canne en argent. Époque Louis XVI.

144 — Flacon de poche en or. Style Louis XVI.

145 — Flacon en cristal de roche. Époque Louis XV.

146 — Dix jetons en argent de diverses époques.

147 — Beau coffret simili-ivoire, monture ancienne.

148 — Encrier argenté, style rocaille.

149 — Bracelet en marcassite, monté en argent.

150 — Joli petit meuble-cabinet, formant coffret à bijoux, orné d'émaux peints à sujets mythologiques et d'ornements en argent doré. Style Louis XIII.

151 — Médaillon-pendentif, forme masque, en porcelaine de Saxe.

152 — Paire de pendants d'oreilles à pampilles en strass, montés en argent. Époque Louis XVI.

153 — Jolie petite montre en or émaillé, forme demi-cœur, à figure, fleurs et trophées, enrichie de perles. Style Louis XVI.

154 — Jolie petite mandoline en or émaillé, renfermant une montre. Style Louis XVI.

155 — Petite montre, forme pomme, en or émaillé fond vert à fleurs. Style Louis XVI.

156 — Aumonière en velours brodé. Époque Louis XIV.

157 — Très bel éventail, feuille à sujet champêtre, avec riche monture en nacre finement découpée et rehaussée d'or. Style Louis XVI.

158 — Éventail en crêpe noir brodé à paillettes.

159 — Jolie cassolette, forme tortue, en argent doré, dessus en agate couronnée par un petit groupe équestre.

160 — Objets divers de vitrine.

OBJETS D'AMEUBLEMENT

161 — Très belle commode de forme cintrée, en ancienne laque de Chine représentant des paysages accidentés animés de figures à rehauts d'or et en haut-relief. Très richement ornée d'encadrements à rinceaux feuillagés et enroulements, de chutes à coquilles et volutes et de sabots à rocailles. Dessus en marbre brèche d'Orient. Travail de l'époque Louis XV. Meuble remarquable par sa forme et son état de conservation.

162 — Très bel ameublement de salon, composé d'un canapé et huit fauteuils couverts en tapisserie de Beauvais, représentant des médaillons à petits personnages, sujets champêtres encadrés de guirlandes de fleurs. Bois sculpté et doré. Époque Louis XVI.

163 — Très grand et beau paravent, composé de huit feuilles en cuir de Cordoue, représentant des scènes allégoriques à l'histoire de Don Quichotte, au milieu de rinceaux, de

Nos 161. 229. 235.

fleurs et de corbeilles chargées de fruits sur fond d'or. Ces huit panneaux peuvent composer une décoration complète de salon ou fumoir.

164 — Très joli bureau de dame, forme *rococo*, très cintrée et bombée en vernis genre Martin, fond d'or à sujets d'amours, guirlandes de fleurs entrelacés et attributs champêtres. Style Louis XV.

165 — Petite commode forme demi-lune, en acajou, finement décorée de panneaux en vernis genre Martin, fond d'or à sujets d'enfants, entrelacs et fleurs, dessus en marbre brocatelle, garni de bronze. Style Louis XVI.

166 — Petit bureau de dame, forme cintrée et bombée, en bois ciré et orné de marqueterie, garnie de bronzes dorés. Style Louis XV.

167 — Belle commode de forme cintrée, en marqueterie de bois à fleurs, ornée d'enroulements et de rocailles formant encadrements, de chutes et de sabots en bronze ciselé et doré. Dessus en marbre brèche. Époque Louis XV.

168 — Deux consoles-étagères en bois d'acajou, ornées de frises en vernis genre Martin.

fond d'or, garnies de bronzes dorés. Style Louis XVI.

169 — Joli meuble, dit *bureau bonheur du jour*, en bois d'acajou, offrant des panneaux en vernis genre Martin, à sujets amours sur fond d'or, orné de lambrequins et de draperies en bronze. Style Louis XVI.

170 — Très jolie vitrine, garnie de glaces biseautées en vernis genre Martin, fond d'or, décor à guirlandes de fleurs et rubans. Dessus en marbre fleurs de pêcher, orné de bronzes dorés. Style Louis XVI.

171 — Petite table a ouvrage en vernis genre Martin, forme à la Tronchin, fond d'or à sujets enfants, d'après *Boucher*. Intérieur avec glace.

172 — Petite table en vernis genre Martin, fond d'or, offrant dessus un sujet d'après Watteau, ornée de bronzes. Style Louis XV.

173 — Guéridon rond en acajou orné de frises en vernis genre Martin, fond d'or à fleurs, et de bronze poli. Style Louis XVI.

174 — Grande et belle armoire à deux vantaux en acajou. Époque Louis XV.

175 — Joli meuble de salon en bois doré Louis XVI, composé de : un canapé et six fauteuils en ancienne tapisserie de Beauvais.

176 — Petit canapé Louis XV, en bois sculpté et doré, couvert en ancienne étoffe de soie fond rouge et brochée à plumes de paon.

177 — Autre canapé analogue, formant pendant.

178 — Bergère en bois naturel Louis XV, couverte en ancienne étoffe de soie à fleurs.

179 — Bergère analogue formant pendant.

180 — Fauteuil Louis XV, en bois sculpté, couvert en étoffe orientale brochée or.

181 — Fauteuil analogue, formant pendant du précédent.

182 — Deux fauteuils Louis XVI, en bois sculpté et doré, couverts en étoffe de soie fond rouge à palmettes d'or.

183 — Joli secrétaire en ancienne laque de Chine, représentant à rehauts d'or des sujets à personnages ornés de cariatides de guerriers en bronze doré, des motifs variés empruntés aux cartons de Bérain. Époque Louis XIV.

184 — Deux bibliothèques en bois de violette, ornées de bronzes polis. Époque Louis XIV.

185 — Belle pendule avec son socle en vernis de Martin, fond vert, à rehauts d'or, ornée de bronzes dorés. Époque Louis XV.

186 — Coffre de mariage en os sculpté. xviie siècle. Travail italien.

187 — Coffre en chêne sculpté à personnages. Travail italien du xvie siècle.

188 — Bel ameublement de salon, en tapisserie d'Aubusson de l'époque Louis XV, représentant des sujets champêtres à petits personnages encadrés de guirlandes de fleurs et de rinceaux. Bois sculpté et doré à rocailles et fleurs. Il se compose d'un canapé et dix fauteuils.

189 — Bel écran en tapisserie de Beauvais; composition d'après *Bérain*, fond jaune. Bois sculpté. Époque Louis XIV.

190 — Joli petit cabinet en bois sculpté, orné d'émaux de Limoges. xviie siècle.

191 — Deux colonnes en marbre avec chapiteaux et montures en bois doré.

192 — Six chaises en bois noir, couvertes en velours de Gênes couleur havane.

193 — Deux chaises en noyer, couvertes en velours frappé. Style Louis XVI.

194 — Pendule à dôme, style Louis XIV, en bois noir, marqueterie de cuivre et ornements en bronze.

195 — Socle de pendule, style Louis XIV, en bois noir et ornements en bronze.

196 — Joli meuble d'appui à une porte, en bois laqué orné de bronzes dorés; dessus en marbre.

197 — Beau meuble de salon en velours de Gênes, accompagné de ses tentures à l'italienne.

198 — Bel ameublement de chambre a coucher en palissandre ciré, style Louis XVI, composé d'un lit de milieu, armoire à glace et table de nuit.

199 — Caisse en fer de Fichet.

200 — Table de milieu, style Louis XIV, en marqueterie de Boule ornée de bronzes.

201 — Table de salon, style Louis XVI, en marqueterie à fleurs, offrant au centre des attributs de musique et ornée de bronzes.

202 — Grand et beau meuble d'appui, style Louis XVI, en bois marqueté de fleurs, d'oiseaux et orné de têtes de béliers, chutes et guirlandes de fleurs en bronze doré. Dessus en marbre blanc.

203 — Joli meuble d'appui en bois de thuya et bois satiné, avec marqueterie à losanges offrant sur la porte un vase et sur les côtés des guirlandes et des chutes en bronze doré.

204 — Beau meuble d'appui en bois noir, avec panneau au centre en marqueterie de bois, par *Poirier*; sujet représentant : *le Fauconnier*.

205 — Grande et belle table à quatre faces, en bois noir avec dessus en marqueterie de bois de couleur, par *Poirier*, et richement ornée de figures, de cariatides, guirlandes et ornements en bronze doré.

206 — Grande glace avec cadre vénitien en bois sculpté, représentant des figures de nègres, des draperies et des fleurs de lis.

207 — Baromètre en bois sculpté et doré. Époque Louis XV.

208 — Fauteuil de bureau à dossier carré, en noyer sculpté, avec accotoirs en forme de sphinx, recouvert en cuir. Époque Empire. (A appartenu au duc de Cambacérès.)

209 — Horloge en cuivre doré, dans sa cage en bois sculpté. Époque Louis XVI.

210 — Jolie pendule, avec son socle d'applique en vernis Martin, fond d'or à fleurs, ornée de bronze. Époque Louis XV.

211 — Deux vantaux de croisée, composés d'anciens vitraux à sujets champêtres et armoiries. XVIe siècle.

212 — Quatre belles colonnes forme tors, en bois sculpté, enguirlandées de ceps de vigne, surmontées de chapiteaux corinthiens. Époque Louis XIII.

213 — Grande cheminée Louis XIII, en bois sculpté, ornée, dans le haut, d'un portrait de femme à collerette.

214 — Meuble a deux corps, buffet vitré en bois sculpté. Époque Louis XV.

215 — Console-dressoir d'applique, de forme rectangulaire, en bois sculpté. xviie siècle.

216 — Modèle de palanquin en vieille laque, orné de cuivre finement ciselé et de peintures dans l'intérieur.

217 — Deux socles en vieille laque de Pékin.

TAPISSERIES

218 — Très belle tapisserie *de Beauvais* de l'époque Louis XIV : *le Triomphe de Cérès.*

Remarquable composition allégorique offrant, dans un paysage des plus pittoresques animé de troupeaux de moutons, de bergers et de bergères, de cerfs courants : au premier plan le char de la déesse traîné par des lions. Elle y est assise tenant des gerbes de blé et accompagnée d'une vestale tenant un double blason, où figurent les armes de Castille et la Toison d'or. Magnifique bordure offrant, au fronton et sur les côtés, les écussons au chiffre d'un grand-duc Alexandre surmonté de la couronne ducale ; de chaque côté du médaillon central se détachent des lions et des lionnes ; tout autour : des attributs champètres et d'agriculture gracieusement groupés et des guirlandes de fruits de toutes sortes. A chaque angle figurent des petits médaillons allégoriques. Remarquable par sa conservation et sa facture.

219 — Très belle tapisserie des *Gobelins*, à armoiries. Époque Louis XIV.

220 — Deux belles tapisseries, représentant des sujets mythologiques dans des paysages, avec vue de château en perspective. Époque Louis XIV.

221 — Grande et belle tapisserie, représentant des chasses du temps de Henri II avec bordure à petits médaillons et sujets.

222 — Tapisserie verdure.

223 — Suite de cinq belles tapisseries, représentant des sujets mythologiques; gracieuse composition à petits personnages dans des parcs ou des paysages accidentés. Époque Louis XIV.

224 — Environ 36 mètres de bandes à fleurs, fruits et rinceaux formant les bordures des tapisseries précédentes.

225 — Joli panneau en tapisserie des Gobelins, offrant au centre les armoiries d'un doge de Gênes sur fond d'azur bleu, avec encadrements et ornements de guirlandes et entrelacs.

226 — Autre tapisserie analogue.

227 — Grande tapisserie d'*Audenarde*, verdure avec parc, oiseaux et chasseurs.

228 — Trois belles tapisseries de Bruxelles du XVIIIe siècle, représentant des sujets tirés des cartons de Rubens, avec larges bordures d'aspect monumental, à figures d'enfants, guirlandes de fleurs et attributs guerriers.

SCULPTURES — MARBRES

229 — Très beau buste en marbre blanc, représentant Louis XVI dans sa jeunesse, en costume de cour, revêtu des insignes de Saint-Louis et de la Toison d'or.

Attribué à *Pajou*.

Posé sur une colonne en marbre bleu turquin avec embase et support en marbre blanc.

230 — Deux vases en marbre blanc, monture en

bronze doré Louis XVI, formée par des têtes d'oiseaux.

231 — Deux enfants en marbre, formant candélabres à cinq lumières en bronze doré à bouquets de lis.

232 — Statuette en marbre : l'*Enfant au nid*, d'après Pigalle.

233 — Statuette en marbre : l'*Enfant à l'oiseau*, d'après Pigalle.

234 — Statuette en terre cuite : *le Petit Noël*, de Maubach.

BRONZES

235 — Paire de grands et beaux flambeaux en bronze finement ciselé et doré, représentant des enlèvements formés de groupes de deux personnages. Les pieds à côtes tournantes gravées et les bobèches décorées de rinceaux à chainettes. Époque Louis XVI.

236 — Grand et beau vase, à panse sphérique, en ancien émail cloisonné de Chine, décoré de rosaces et d'entrelacs à feuillages en cou-

leurs sur fond bleu turquoise. Orné de deux anses en cuivre ciselé poli à anneaux mobiles.

237 — Cloche en métal argenté, décorée de bandes gravées avec poignée forme chimérique. Travail ancien du Japon.

238 — Pot a tabac, forme cylindrique et surbaissée, en porphyre de Suède. Bouton du couvercle en bronze doré. Époque Louis XVI.

239 — Quatre beaux groupes en bronze, représentant *les Quatre Saisons*.

240 — Grand groupe en bronze : *les Lutteurs*.

241 — Joli buste en bronze de : *Jeune fille*, d'après Houdon.

242 — Deux candélabres à cinq lumières, formés par des enfants debout, entourés de guirlandes de fleurs.

243 — Lustre, style gothique, en cuivre à six lumières avec figurines.

244 — Belle statue équestre en bronze, patine rouge : *Louis XIV à cheval*, sur socle en bois noir incrusté de filets de cuivre.

245 — Deux têtes de sphinx, en bronze de l'Empire.

246 — Deux cassolettes brule-parfums, en bronze doré de l'Empire.

247 — Deux boites en vieux Tonkin, avec incrustations d'or.

248 — Trois sceaux gothiques.

249 — Statuette en bronze : *la Cruche cassée.*

250 — Fontaine en bronze du Japon, décor au Dragon : couvercle surmonté d'une chimère.

251 — Grande et belle garniture de cheminée, en bronze doré au mat de *Raingo*, composée d'une pendule et de deux candélabres.

252 — Buste de Louis XVII.

253 — Groupe : l'*Enfant au chat.*

254 — Grande statue : Nymphe debout entourée d'une guirlande de fleurs.

CUIVRES OUVRÉS

255 — Très beau bouclier en cuivre repoussé et doré, offrant au centre une tête d'Érigone, entouré d'un marli à chaînettes se détachant au milieu de scènes guerrières animées de nombreuses figures et de cavaliers. La bordure représente des groupes d'amours dauphins portant des masques fantastiques, entrecoupés de médaillons à têtes de lions. Travail remarquable de la Renaissance.

256 — Paire de vases en cuivre repoussé et argenté, forme à rocailles. Époque Louis XV.

257 — Paire de vases avec couvercles en cuivre repoussé et argenté, décorés de godrons et de lambrequins. Époque Louis XIV.

258 — Bas-relief d'applique en cuivre repoussé et argenté, représentant un buste d'évêque. XVIIe siècle.

ARGENTERIE

259 — Très belle coupe forme olifan, en argent doré et émaillé à sujets mythologiques,

supportée par un aigle, couronnée par une figure de Cupidon et enrichie de chatons en pierreries. Style du XVIe siècle.

260 — QUATRE JOLIES PETITES SALIÈRES en argent doré, représentant des satyres poussant des brouettes avec leurs petites cuillers.

261 — DEUX JOLIES FIGURINES en argent ciselé : petit paysan et jeune paysanne tenant des corbeilles, formant salières ou baguiers. Travail d'Odiot.

262 — PLATEAU en argent repoussé et partie doré, offrant au centre un sujet allégorique, bordure à fruits et guirlandes, anse formée d'une cariatide d'enfant et de volutes. Style Louis XIII.

263 — GOBELET, forme corne, supporté par un satyre en vermeil repoussé. Époque Louis XIII.

264 — COUPE à deux anses, en argent repoussé et doré, offrant au centre l'*Enlèvement de la belle Europe*, bordure à rocailles et enroulements. Style Louis XIV.

265 — BELLE PLAQUE de forme ombilicale, en argent repoussé, représentant des tulipes et des feuillages entrelacés. XVIIe siècle.

266 — Joli sucrier en argent repoussé, à deux anses avec couvercle. Époque de l'Empire.

267 — Deux jolis vases en argent. Époque Louis XV.

268 — Quatre grandes cuillers en argent. Style Louis XV.

269 — Deux truelles, deux fourchettes, deux cuillers a sel, en argent. Style Louis XV.

PORCELAINES

270 — Paire de jolis vases, ancienne porcelaine de Sèvres, fond vert, offrant des médaillons à sujets champêtres avec encadrements à rehauts d'or, des bouquets de fleurs et des rosaces en émaux simulant les pierreries. Montés en bronze ciselé et doré, avec anses formées de sirènes tenant des guirlandes de laurier.

271 — Paire de jolis vases en porcelaine de Vienne, décor fond gros bleu, avec figures et ornements en grisailles et rehaussés d'or.

272 — Beau pot a eau avec sa cuvette en ancienne porcelaine de Saxe, forme à contours, décor

à fleurs en camaïeu violet, bordé de traînées de fleurs et de volutes. Belle qualité.

273 — Vase en porcelaine à la Reine, décor à guirlandes de roses et rinceaux à rehauts d'or. Époque Louis XVI.

274 — Grande et belle bouteille en ancienne porcelaine de Chine, décor rouge haricot et flambé.

275 — Jolie coupe en ancienne porcelaine de Sèvres, pâte tendre, époque Louis XVI, décorée de fleurs et de rubans. (Provient de la collection Double.)

276 — Paire de jolis vases en ancienne porcelaine de Vienne, forme ovoïde, fond rouge, avec médaillons sujets enfantins, rehaussés de bandes en relief à feuillages et tores de laurier. Monture bronze doré. Style Louis XVI.

277 — Groupe en vieux Saxe : allégorie d'un fleuve.

278 — Grand groupe de deux figures en vieux Saxe : Ange et Vestale.

279 — Grand groupe en porcelaine d'Hœchst, représentant un orchestre de six figures.

280 — Écuelle en vieux Sèvres, pâte tendre, décor fond bleu turquoise avec médaillons à oiseaux encadrés d'or.

281 — Écuelle en vieux Saxe gaufré, décor à fleurs et écussons.

282 — Paire de vases en porcelaine de Sèvres, époque Empire. Forme corne d'abondance dont l'extrémité représente une tête de sanglier et dont la gorge est ornée d'une frise à scènes enfantines en bas-relief. Des guirlandes de fleurs et de fruits finement modelés et à rehauts d'or se détachent autour du vase et tombent en traînées. La corne est décorée gros bleu lapis veiné d'or. Pièces curieuses de forme.

283 — Jolie pendule en vieux Saxe, forme monument, décorée de sujets mythologiques en grisaille, surmontée de groupe d'amours supportant le mouvement. De chaque côté se détachent des dauphins et sur le terrassement une Flore couchée et des fruits.

284 — Joli vase, forme grecque, avec couvercle à anse, représentant des porte-lumières fond vert d'eau côtelés à rehauts d'or en ancien Mayence.

285 — Joli vase, forme grecque, avec couvercle à anses, représentant des porte-lumières fond gros bleu, côtelés à rehauts en ancien Mayence.

Ces deux vases, de même forme, se font pendants.

286 — Paire de jolis vases de Vienne, fond bleu de roi, avec médaillons peints en grisaille, le tout rehaussé d'or.

286 *bis*. — Boite de Saxe, à double fond.

287 — Groupe de Saxe à trois personnages : Tonneliers.

288 — Grand groupe de vieux Saxe, composé de trois personnages : Tonnelier et Buveurs.

289 — Deux groupes de Naples, de trois petits chiens.

290 — Groupe de trois figures de vieux Vienne : l'Amour endormi et jeu d'enfants.

291 — Figurine de vieux Saxe : Un Comédien.

292 — Figurine en vieux Saxe : Un Joueur de guitare.

293 — Deux figurines de vieux Saxe représentant l'Automne et l'Hiver.

294 — Figurine de vieux Saxe représentant un Marquis.

295 — Groupe en vieux Saxe : la Moisson.

296 — Joli compotier en ancienne porcelaine de Sèvres, pâte tendre, décor fond bleu turquoise, avec médaillon à fleurs et fruits au centre, encadré de rocailles et de fleurs à rehauts d'or.

297 — Groupe en ancien Charles Théodore : les Amours géographes.

298 — Groupe en ancien Charles Théodore : trois figures : Femme et enfants jouant.

299 — Deux groupes de Saxe : les Enfants musiciens.

300 — Sucrier en ancien Naples, décor à sujets mythologiques et cartels de fleurs.

301 — Quatre tasses avec soucoupes et pot a lait, en vieux Saxe.

302 — Deux grands vases en porcelaine de Chine. Époque de Kien-long.

303 — Huit crémiers en vieux Sèvres, décor à fleurs.

FAIENCES

304 — Beau cornet en faïence d'Urbino, forme cylindrique, décor à médaillons, figures de guerriers et ornements en polychrome.

305 — Deux vases en faïence d'Urbino, décorés de médaillons à têtes de personnages.

306 — Deux vases de Castel-Durante, décor à rinceaux.

307 — Deux cornets de Castel-Durante, décorés de médaillons à têtes de personnages.

308 — Deux cornets en faïence italienne, décorés de médaillons et de fruits.

309 — Deux cornets de Castel-Durante, décor à enroulements.

310 — Deux cornets de Caffagiolo, fond blanc, décor bleu.

311 — Cornet en faïence italienne, décor à feuillages.

312 — Deux vases en faïence de Castel-Durante, décorés de médaillons à figures.

313 — Deux cornets en faïence italienne, fond bleu, dont un avec inscription

314 — Paire de potiches de Castel-Durante, offrant sur la panse des médaillons à têtes de personnages.

315 — Deux cornets en faïence italienne, fond blanc, décor bleu.

316 — Deux cornets de Faenza, décorés d'attributs.

317 — Deux vases de Castel-Durante, représentant des ornements et des médaillons à têtes de personnages.

318 — Deux vases, décor à fleurs.

319 - Deux potiches de Castel-Durante, décorées de médaillons à figures.

320 — Seau à anses, genre de Moustiers.

321 — Cornet de Caffagiolo, décor bleu à inscription.

322 — Cornet de Castel-Durante, décoré de deux médaillons à têtes de personnages et figures de saints.

323 — Deux vases en faïence de Nevers.

324 — Jardinière de Chine.

325 — Deux vases en faïence de Castel-Durante, décorés de médaillons à figures, fond bleu.

326 — Garniture de trois pièces en Delft à côtes, décor bleu sur blanc, à fleurs et médaillons.

327 — Soupière de Moustiers, décor en bleu sur blanc.

VERRERIES

328 — Deux petits flacons en verre d'Allemagne, taillés à pans, décorés de sujets champêtres émaillés. xviiie siècle.

329 — Grand gobelet en verre de Bohême gravé, dessins à arcades au chiffre : J. V. L., daté de 1808.

330 — Deux verres de Bohême, ornés d'armoiries gravées à bordures dorées.
Époque Louis XIV.

331 — Flacon en verre émaillé, décor à fleurs. xviiie siècle.

OBJETS DIVERS

332 — Le Sacre de Louis XV. Beau volume avec jolies gravures et culs-de-lampe, reliure ancienne en maroquin vert, doré au petit fer, dentelé aux armes royales de France.

333 — Cartouchière en velours brodé. Époque Louis XV.

334 — Joli coffret en bois noir, avec ornements de fruits et de fleurs en mosaïque de couleur et bronze doré.

335 — Six petits plateaux en laque du Japon.

ÉTOFFES — TAPIS

336 — Beau tapis d'Orient à petits dessins.

337 — Tapis de table en satin rouge, avec bordure en dentelle d'argent.

338 — Bande de tapisserie. Époque Louis XIV.

339 — Couvre-lit en soie brochée, fond rouge.

340 — Chape en soie brochée, fond bleu.

341 — Bande en broderie de la Renaissance, fond jaune.

342 — Douze bandes de soie brochée.

343 — Grand couvre-lit, fond vert.

344 — Tapis portugais richement brodé.

345 — Quatre garnitures de fauteuil en tapisserie de Beauvais, représentant les Fables de La Fontaine.

346 — Deux cantonnières en étoffe de Karamanie.

DENTELLES

347 — Coupe de 1m20, vieille Angleterre.

348 — Deux bandes en vieux Venise.

349 — Fichu en crêpe garni de Valenciennes.

350 — Barbe en vieille Angleterre.

351 — Demi-barbe en vieille Angleterre.

352 — Coupe de 8 m., ancienne Valenciennes.

353 — Coupe de 8 m., entre-deux de Valenciennes.

354 — Dentelles diverses.

GARDE-ROBE

355 — Robe de chambre en satin vert.

356 — Robe de bal en satin rouge.

357 — Robe de bal, brodée d'or et satin crème.

358 — Robe en satin vert et velours frappé.

359 — Tunique marron, garnie en imitation.

360 — Ombrelle, point à l'aiguille et application.

361 — Visite broché satin, garni de perles.

362 — Matinée gaze gris perle, dentelle or.

TABLEAUX

BLARENBERG

(Attribué à VAN)

363 — Deux grandes miniatures représentant des scènes militaires; cadres en bois sculpté.

Deux pendants.

BREUGHEL

(Dit de VELOURS)

364 — *Sainte Famille.*

Charmante composition d'une grande finesse.

VAN DYCK

(Attribué à)

365 — *Tête de chérubin.*

Cadre en bois sculpté.

DAVID DE HEEM

366 — *Nature morte.*

Sur une table se trouvent placés un homard, des huîtres, des citrons et divers accessoires.

JEAURAT

367 — *Louis XVII, dauphin.*

LAWRENCE

(Attribué à)

368 — *L'Aveu difficile.*

REGNAULT

(J. B.)

369 — *Pygmalion amoureux de sa statue.*

Signé.

370 — *La Première Pensée du dessin.*

Pendant du précédent.

TÉNIERS

(Attribué à)

371 — *La Kermesse.*

TÉNIERS

(Attribué à)

372 — *Le Repas champêtre.*

373 — *La Danse villageoise.*

Deux pendants.

VAN FALEN

374 — *Halte à l'auberge.*

VANDER NEER

(Genre de)

375 — *Vue d'un canal de la Hollande.*

ÉCOLE FRANÇAISE

376 — *Portrait de jeune garçon, en costume Louis XVI.*

377 — *Buste de jeune femme avec les cheveux poudrés.*

378 — Tableaux et objets omis.

www.ingramcontent.com/pod-product-compliance
Ingram Content Group UK Ltd.
Pitfield, Milton Keynes, MK11 3LW, UK
UKHW021013180726
13838UKWH00004B/1532

9 782329 448886